공룡 도시락

SEOUL, 2003

공룡 도시락

초판 제1쇄 발행일 2003년 4월 25일
초판 제77쇄 발행일 2022년 3월 20일
글 재클린 윌슨 그림 닉 샤랫 옮김 지혜연
발행인 박헌용, 윤호권 발행처 (주)시공사
주소 서울시 성동구 상원1길 22, 6-8층 (우편번호 04779)
대표전화 02-3486-6877 팩스(주문) 02-585-1247
홈페이지 www.sigongsa.com/www.sigongjunior.com

ISBN 978-89-527-8681-4 74840
ISBN 978-89-527-5579-7 (세트)

*시공사는 시공간을 넘는 무한한 콘텐츠 세상을 만듭니다.
*시공사는 더 나은 내일을 함께 만들 여러분의 소중한 의견을 기다립니다.
*잘못 만들어진 책은 구입하신 곳에서 바꾸어 드립니다.

KC마크는 이 제품이 공통안전기준에 적합하였음을 의미합니다.
제조국 : 대한민국 사용 연령 : 8세 이상
책장에 손이 베이지 않게, 모서리에 다치지 않게 주의하세요.

공룡 도시락

재클린 윌슨 글 · 닉 샤랫 그림 · 지혜연 옮김

시공주니어

공룡 도시락

1

다이나는 일찍 일어났다.

하지만 일어나서 세수하기가 싫었다. 옷도 갈아
입기 싫었다. 학교에 가고 싶은 생각도 전혀 없었다.

다이나가 중얼거렸다.

"지겹다, 지겨워!"

다이나는 아침을 먹고 싶은 생각도 없었다.

콘플레이크와 우유는 정말 싫었다.

다이나는 또 중얼거렸다.

"아, 정말 지겨워!"

다이나는 잼을 듬뿍 바른 샌드위치를 만들었다.

다이나는 끈적끈적해진 손으로 배를 쓰다듬으며
말했다.

"음, 맛있네!"

잠옷에 그려져 있는 곰돌이도 잼으로 범벅이 되어
버렸다.

다이나는 마실 것이 필요했다.

하지만 레모네이드는 찬장 꼭대기 선반, 아빠의 맥주 캔 옆에 놓여 있었다.

다이나는 손이 닿지 않았다.

바로 그 때, 아빠가 유리창 닦을 때 사용하는 사다리가 눈에 띄었다.

레모네이드에 거의 손이 닿는가 싶었는데…… 그
만 사다리가 쓰러지고 말았다.

그 바람에 아빠가 깨고 말았다.

다이나는 아빠가 화를 낼 때가 정말 싫었다.

다이나에게는 엄마도 다른 형제도 없었다. 가족이
라고는 아빠뿐이었다.

아빠가 화를 냈다.

"이제 이 아빠가 유리창을 어떻게 닦으러 다니란 말이냐? 그리고 그놈의 엄지손가락 입에서 빼지 못해! 갓난아기처럼."

다이나는 기분이 울적해지면 언제나 엄지손가락을 빨았다. 그래서인지 늘 빨아 대는 엄지손가락이 조금씩 뾰족해지기 시작했다.

다이나는 학교에 가서도 엄지손가락을 빨았다.
남자 아이들이 다이나를 놀려 댔다. 다이나는 화
가 났고, 아이들과 싸움을 벌였다. 그러자 스미스 선
생님이 화를 내며 다이나를 교실로 들여 보냈다.

13

다이나는 잠시 손을 씻었다.

얼마나 요란하게 씻었는지 단짝 친구인 주디의 옷이 다 젖어 버렸다.

　스미스 선생님은 크게 화를 내며, 행동을 조심하
지 않으면 박물관 견학에 따라가지 못할 거라고 엄
포를 놓았다.
　다이나는 중얼거렸다.
　"박물관? 지겹다, 지겨워."

다이나의 단짝인 주디의 옷은 아직도 축축했다.

버스를 타고 박물관으로 갈 때 주디는 다이나 옆
에 앉고 싶어하지 않았다.

주디는 다니엘라 옆에 앉았다. 주디와 다니엘라는
쉬지 않고 낄낄거렸다.

다이나는 스미스 선생님 옆에 앉아 가야 했다.

박물관에 도착하자 주디는 다니엘라와 팔짱을 끼
고 가 버렸다.

"그러든지 말든지."
다이나는 그렇게 중얼거리며 엄지손가락을 빨
았다.

2

다이나는 공룡들이 전시되어 있는 특별 전시장 안으로 들어가자 기분이 좋아졌다.

공룡은 수백만 년 전에 살았던 아주 커다란 괴물이었다.

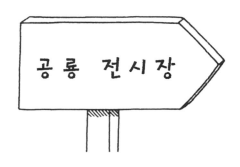

다이나는 공룡의 생김새가 정말 마음에 들었다.

어떤 공룡들은 아주 사납고 무시무시하게 보였다.

주디와 다니엘라는 "꽥!" 하고 소리를 질렀다.

다이나는 아무렇지도 않았다.

공룡들은 크기에 걸맞게 아주 엄청나게 긴 이름들
을 가지고 있었다.
　　다이나는 글을 잘 읽지 못하지만
아무런 어려움 없이 '브론토사우루스'
를 맞춤법에 맞게 쓸 수 있었다.

'티라노사우루스'와
'트리케라톱스'도 문제
없었다.

제일 마음에 드는 공룡은 이구아노돈이었다. 이구
아노돈은 창처럼 뾰족하고 우스꽝스럽게 생긴 엄지
손가락을 가지고 있었다.
아마 이구아노돈도 엄지손가락을 열심히 빨아 댔
던 모양이었다.

    스미스 선생님은 다이나가 계속 뒤에 처지자 또
화를 냈다.

    스미스 선생님이 말했다.

    "빨리 따라와, 다이나. 점심 시간이야."

다이나만 빼고 모두들 집에서 도시락을 싸 왔다.
아빠는 번번이 도시락을 싸 주는 일을 잊어버렸다.
　그럴 때면 가끔 주디가 자기 도시락을 다이나와
나누어 먹곤 했다.
　하지만 오늘은 아니었다.

　주디가 다니엘라에게 물었다.
　"어머나, 우리 엄마가 새우 샌드위치와 포도, 그리
고 초콜릿과 콜라를 싸 주셨네. 다니엘라, 너 초콜릿
먹고 싶니, 반만 잘라 줄까?"

다이나는 슬그머니 자리를 빠져 나왔다.

배가 무척 고팠다. 다이나는 엄지손가락을 빨며 여기저기 기웃거리다 다시 이구아노돈이 있는 곳으로 갔다.

다이나가 중얼거렸다.

"도시락을 챙겨 주는 엄마가 있으면 얼마나 좋을까?"

이 구 아 노 돈

그 때 누군가가 손을 뻗어 다이나의 어깨를 톡톡
쳤다.

뾰족한 엄지손가락이 달려 있는, 비늘로 덮인 엄
청나게 큰 손이었다.

이구아노돈이 손을 뻗어 다이나를 안아 들었다.
이구아노돈은 다이나를 두 팔로 안아 들고 앞뒤로
흔들었다.

이구아노돈은 다이나에게 직접 공룡 도시락을 만들어 주었다.

다이나는 나뭇잎으로 만든 샌드위치, 데이지 꽃다발, 과자처럼 바삭거리는 나뭇가지, 그리고 병에 들어 있는 공룡 주스를 마셨다.

공룡 주스는 아주 밝은 초록색을 띠고 있었다. 맛
도 특이했다. 그래도 다이나는 몇 모금 마셨다.

이구아노돈은 마치 엄마처럼 다이나의 입을 닦아
주었다.

"다이나! 너 도대체 어디 있었니?"

스미스 선생님이 다가오고 있었다.

다이나는 이구아노돈의 팔에서 훌쩍 뛰어내렸다.

이구아노돈은 덜커덕, 쿵 요란한 소리를 내기는
했지만 휙 제자리로 돌아갔다.

스미스 선생님은 아무것도 보지 못했다. 선생님은
다이나에게 화를 냈다.

하지만 다이나는 너무나 좋아서 아무렇지 않았다.

다른 아이들은 모두 기념품 가게로 들어가 책과 스티커, 그리고 고무로 만든 작은 공룡 모형 들을 사고 있었다.

다이나는 돈이 없었다. 하지만 하나도 부럽지 않았다. 다이나는 책도, 스티커도, 고무로 만든 작은 공룡 모형도 필요 없었다.

방금 공룡이 직접 만들어 준 공룡 도시락을 먹었으니까.

버스를 타고 돌아오는 길에 다이나는 아무 말도 하지 않았다.

스미스 선생님은 걱정이 되어 물었다.

"다이나, 속이 울렁거리니? 혹시 토하고 싶은 건 아니겠지?"

다이나는 뭔가 알 수 없는 아주 이상한 기분을 느꼈다.

다이나는 엄지손가락을 빨았다. 오늘따라 엄지손가락에서도 이상한 맛이 났다.

저녁을 먹자마자 다이나는 잠자리에 들었다.

'목욕을 할 걸 그랬나?' 라는 생각이 들었다.

온몸이 이상했다. 피부가 딱딱하고, 거칠고, 간지럽기까지 했다.

다이나는 이상한 맛이 나는 엄지손가락을 빨며 잠
이 들었다. 그러고는 아주 희한한 꿈을 꾸었다.

3

다이나가 아침에 눈을 뜨니 더 희한한 일이 벌어져 있었다.

일어나 앉으니 머리가 천장에 부딪혔다. 침대가 얼마나 작은지 무릎을 턱까지 끌어당겨야 했다. 밤 사이에 침대가 줄어든 모양이었다.

아니, 그보다 더 이상하게도…… 다이나가 부쩍

커 있었던 것이다. 다이나는 밤새 자라고, 자라고,
또 자랐던 것이다.

등도 길어지고, 다리도 길어지고, 꼬리까지도 길
게 자라 있었다.

다이나는 훅 숨이 멎는 것 같았다.

다이나는 또 다시 엄지손가락을 빨았다. 다행히 엄지손가락은 아직 남아 있었다.

다이나는 어찌해야 좋을지 막막하기만 했다. 그래도 아빠에게만은 말해야겠다고 마음을 먹었다.

방문을 빠져 나오기 위해 다이나는 몸을 완전히
반으로 접듯 숙여야 했다.

　다이나는 가장자리를 따라 조심스럽게 복도를 걸었다.

　다이나의 머리가 거미줄을 싹싹 쓸고 있었다.

　(다이나와 아빠는 애써 먼지를 깨끗이 털고 사는 편이 아니었으니까.)

아빠의 방으로 들어갈 때도 다이나는 다시 한 번
더 몸을 완전히 숙여야 했다.

다이나가 아빠를 깨웠다.

"아빠, 아빠! 일어나 봐요, 아빠!"

아빠는 잠이 덜 깬 목소리로 물었다.

"무슨 일이니? 소리 좀 그만 질러라, 다이나."

아빠가 이불 속에서 고개를 쑥 내밀고 쳐다보았다.
아빠의 눈에 다이나가 들어왔다.
"으으으으아아아아악!"
이번에 비명을 지른 쪽은 아빠였다.

아빠가 다시 소리쳤다.

"괴물이다! 괴물! 도망쳐, 다이나, 아빠 방에 괴물
이 있어!"

다이나가 대답했다.

"안녕, 아빠. 저예요, 다이나. 괴물처럼 보이는 게
바로 저예요. 있잖아요, 제가 정말 괴물로 변했나 봐
요. 무서워요, 아빠, 안아 주세요."

다이나의 아빠도 조금 겁이 났다.

하지만 아빠는 방에 서 있는 커다란 공룡이 다이나의 잠옷을 입고 있고, 또한 다이나의 목소리로 말하고 있다는 것을 분명히 알 수 있었다.

분명 자기 딸인 다이나가 틀림없었다.

아빠는 무서움을 꾹 참고 다이나를 안아 주었다.

이번엔 다이나가 아빠를 안아 주었다. 그 쪽이 훨씬 쉬웠다.

다이나는 새로 생긴 두 팔로 아빠를 번쩍 들어올릴 수 있었다.

다이나는 얼마나 신이 나는지 몰랐다.

하지만 무슨 일이 있어도 잊지 말고 발톱을 짧게 잘라야겠다고 생각했다.

몸은 달라진 피부 때문에 씻을 필요가 없었다.

하지만 새로 생긴 이빨을 하나하나 아빠의 커다란
옷솔로 닦으려니 팔이 무척 아팠다.

다이나는 무서울 정도로 엄청난 양의 아침을 먹어
치웠다.

식빵 한 덩어리도 한입에 꿀꺽 삼켰고, 잼 한 병도
혀로 한 번 핥으니 그만이었다.

"음, 한창 자라는 나이라 그래요."

다이나는 그렇게 변명을 늘어놓더니 낄낄거렸다.

아빠는 걱정스레 말했다.

"이제 널 어떻게 먹여 살려야 할지 앞이 깜깜하다.
돈이 거저 나무에서 열리는 것도 아니고."

다행스럽게도 다이나는 나무를 즐겨 먹었다. 그리
고 나뭇잎과 똑똑 잘 부러지는 가는 가지들을 좋아
했다.
　아마 공룡이 되면 알겠지만, 쥐똥나무 울타리 맛
은 정말 기막히다.

　덕분에 온 동네 정원의 나무들이 돈 한푼 안 들이
고 예쁘게 다듬어졌다.

4

아빠는 다이나를 의사 선생님에게 데려갔다.

아빠가 물었다.

"우리 다이나를 고칠 수 있겠습니까?"

의사 선생님이 대답했다.

"제 생각에는 수의사에게 데려가는 게 나을 듯싶은데요."

　다이나는 자기도 모르게 어느 새 의사가 되어 있
었다.
　다이나를 보고 한 갓난아기는 딸꾹질을 멈추었고,
어떤 할머니는 시원찮은 다리가 감쪽같이 나았다.

아빠는 다이나를 수의사 선생님께 데려갔다.

수의사가 말했다.

"글쎄요, 다른 건 몰라도 식욕 하나만큼은 왕성하네요. 그런 걸 보면 특별히 잘못된 곳은 없을 듯싶은데요."

아빠가 말했다.

"그렇다면 학교에 가야지."

다이나가 대답했다.

"아이, 지겨워."

하지만 어쩜 오늘만큼은 학교에 가도 재미있을지
몰랐다.

다이나가 교문에 들어서자 한바탕 소동이 벌어
졌다.

다이나는 스미스 선생님과 몇 마디 이야기를 나누
어야 했다.

스미스 선생님은 새로운 모습의 다이나를 어떻게
대해 주어야 할지 난감할 뿐이었다.

다이나가 말했다.

"걱정 마세요, 스미스 선생님. 얌전하게 있을게
요."

다이나는 착한 학생이 되려고 노력했다. 교실(이제는 아주 꽉 찬 느낌이 들었는데)에서는 절대 떠들지 않았다. 시간이 흘러 지루해지자, 다이나는 새로 생긴 긴 꼬리를 털썩 하고 한 번 휘둘렀다.

그러자 교실은 엉망이 되었다.

쉬는 시간에는 남자 아이들과 한바탕 싸움을 벌였
고…….

여자 아이들에게는 물을 뿜어 댔다.

하지만 어쩐 일인지 별 문제가 되질 않았다.

모두들 다이나와 놀고 싶어했다.
주디가 말했다.
"다이나는 나랑 제일 친해!"
다이나가 말했다.
"다 친한 친구들이야. 애들아, 내 꼬리에
올라타고 싶은 사람?"

주디가 말했다.
"다이나가 디즈니랜드보다 더 재미있어!"

다이나는 스미스 선생님까지도 꼬리에 태워 주
었다.

아빠가 학교로 다이나를 데리러 왔다.
다이나는 거리의 유리창을 닦는 아빠를 도왔다.

사람들은 새로 생긴 사다
리를 타고 오르락내리락
하는 아빠의 모습을 보기
위해 돈을 두 배로 냈다.

다이나와 아빠는 너무 열심히 일해서인지 무척 더
웠다.

아빠가 말했다.

"집에 가서 시원하게 목욕이나 하자."

다이나가 대답했다.

"그건 너무 시시해요. 우리 수영하러 가요."

다이나와 아빠는 수영장으로 갔다.

다이나가 풍덩 하고 다이빙을 하자 수영장의 물이
얼마 남지 않았다.

다이나는 정말 멋진 다이빙 보드가 되기도 했고,
물을 뿜어 대는 분수가 되기도 했다.

다이나의 젖은 몸을 닦아 주느라 아빠는 오랫동안
고생을 해야 했다.

아빠는 저녁으로 생선과 감자 튀김을 먹었다.

다이나는 나뭇잎과 쥐똥나무, 민들레와 쐐기풀,
그리고 길게 자란 풀잎과 꽃 한 다발을 먹었다. 그러
고도 또 생선과 감자 튀김을 먹었다.

다이나는 배를 쓰다듬으며 말했다.

"음, 맛있다!"

아빠는 침대에 누운 다이나에게 이불을 덮어 주느
라 애를 썼다.

다이나는 잠이 들 때까지 창처럼 뾰족한 새 엄지
손가락을 빨았다.

잠에서 깨어나 보니 다이나는 다시 어린 소녀가
되어 있었다.

다이나가 중얼거렸다.

"아이, 시시해."

하지만 다이나에게는 공룡 주스가 남아 있었다.
그것도 거의 한 병 가득히……